나이, 생각보다 맛있다

이든기획시선 013

나이, 생각보다 맛있다

박인숙 시집

이든북

넓은 들판에 흔들거리는 들꽃 중 이름 모를 꽃봉오리가 있다. 피기 전에는 무슨 색깔의 꽃인지, 어떤 모양의 꽃인지 알 수가 없다. 뿌리의 인고 후에 꽃의 영광이 있는 법인데 때 아닌 거센 눈보라가 닥쳐 아직 피어날 생각조차 없는 봉오리를 툭 건드렸다. 한 가닥 펼쳐진 꽃잎으로 급히 막아 보았지만 허사였다. 가끔가다 보면 꽃인지 아닌지, 피어 있는 건지 아닌지 아리송한 꽃이 있다.

첫 시집을 내는 지금의 내가 그렇다. 못생겨서 부끄럽고 잘 견뎌낸 후 핀 꽃들을 당연하게 여긴 맘이 더 부끄럽다. 그럼에도 불구하고 갑자기 불어준 눈보라가 한없이 고맙게만 느껴지는 건 왜일까? 그 바람이 아니었으면 피기는커녕 봉오리째 땅에 떨어졌을 것이다. 생긴대로 보아주면 향기나는 꽃으로 보답하고 싶다.

나이 드는 것이 생각보다 맛있다. 특히 말, 글, 행동이 따듯한 사람들과 함께일 때 더 맛있는 것처럼 지금 그런 사람들과 함께여서 참 다행이나. 끝으로 완전체가 된 우리 가족, 무조건 응원부터 해주니 고마울 뿐이다.

2023 봄날에

▌차례 ▌

6

제2부 ┃ 내 생애 가장 아름다운 일주일

제1부

그대 내 맘에 들어오면

오후 네 시

나의 일은 널 그리는 것

틈새마다 바다가 들어차 있다
하루에도 수십 번씩 요동치는 너

꼼짝 말고 숨지도 말고
그대로 있어 달라고

가을 단풍은 스치는 바람결에도
안부를 물어 온다

습관처럼 배어드는
오후 네 시의 그리움

LA로 가는 기차

따그닥 따그닥
굽이 있는 새벽 출장길
마스카라로 한껏 자존감을 치켜세웠지만
트렌치코트는 이미 바람났다
스카프는 내 영혼처럼 자유롭고
방금 산 아메리카노마저 산도가 가벼운데
노트북 가방만이 정신 줄을 잡아주는
오·늘·할·일

플랫폼에 설 때마다
나는 꿈을 꾸듯 LA로 가는 기차를 기다린다

그대 내 맘에 들어오면

창가에 아스파라거스 살며시 꽂아두고
너른 거실에 햇살 몇 줌 뿌려놓고
바람 따라온 꽃향기 두르고
나, 기다릴게요

처마 끝에 풍경소리 울리거든
달빛이 구름에 가리어 수줍음도 가리거든
마지막 술잔에 입술을 감추고
그대, 돌아와줘요

그대 내 맘에 들어오면
그대 내 맘에 들어오면
제야의 타종이라도 울려 볼 텐데

코골이

시 쓴다고
몇 날밤 앉아있지만 써지지 않는다
잘 자는 남편의 코골이만 괘씸할 뿐
툭 건드리니 뚝 그친다
왜 이랴
시끄러유

또 시 쓴다고
며칠 밤 앉아있었더니 괜찮게 풀린다
괘씸하던 남편의 코골이가 노랫가락일 줄
톡 건드리니 딱 그친다
왜 그랴
이뻐서유

원고 마감

뭔가 아쉽다는 내 안의 목소리
오늘도 난 땅속으로 가라앉는다

기억은 느릿느릿해지고
생각은 무뎌지고
초점도 흐려지고
시간도 압박해오는 그때
거짓말처럼 튕겨 나오는 통쾌한 한 방

오늘도 원고는 마감 전 마감했다

꽃

싱그러운 봄도 떨어지더라

꽃은 이고 지고
말이 없으니
어설피 몸짓하는
나보다
네가 낫다

부질없는 욕심도 언젠가 떨어지겠지

장미의 나날

잠시 꿈을 꾸었다

말문이 막히는 아찔한 향기와
요염하기 그지없는 장미의 나날
오래도록 취해 있을 테다

나중에
나중에
아찔한 향기도
요염한 꽃잎도
알아보지 못하거든

꽃잎 따서 꿈속에 뿌려주렴
꽃잎 따서 관속에 넣어주렴

도로 남

술꾼 김 부장을 뿌리치지 못한 날엔
새벽 신문처럼 미끄러지듯 귀가한다

현관문 번호 키 소린 눈치 없이 크고
덜컥거리는 소리에 아내는 잠이 깼다
잔뜩 긴장한 오줌보는 터질 듯 빵빵해지고
남은 새벽 몇 번이고 죽었다 할 참인데
하품 물며 자다 깬 아내의 한마디는 구 · 세 · 주

아~~함, 어디를 이렇게 일찍 나간대유

꼭두새벽
가정의 평화는 지켜야 한다는 일념으로
들어가려다가 그대로 돌아서 현관문을 열고 나왔다
아니, 아내가 나보다 더 취한 날도 있다니
아싸, 오늘은 내가 이겼다

같이 살자

너무 솔직해질까봐 취하고 싶지 않다던 그가 오늘은 취해야겠단다 휴가 중 친척들 말을 주워듣다가 '괜찮은 여자가 바로 너'라며 다짜고짜 같이 살자고 서울로 달려온 사람

광화문에 호랑각시비 내리던 날이었다, 마음 속에 호랑각시비 내리던 날이었다 군복 차림으로 각 잡고 당당하게 나타나 중앙일보 사무실이 있는 계단에서 기습 뽀뽀를 퍼붓는 바람에, 꽃반지는커녕 꽃 한 송이도 없이 홀딱 넘어가 버렸다 좋/덜/않/다, 내 생애 프로포즈는 그것이 전부였다.

노트북

뭔 놈의 기능이 그리도 많은지
어렵사리 설명을 듣고
어렵사리 이해를 했다

이제 감 잡으셨어요?
인중에 땀이 보송보송 맺힌
젊은이가 묻는다

진작에 잡았지
잡을 때마다 감이 떨어져 그렇지

숙명

꽃피던 열정도 시들하고
깊었던 내공도 흔들리고
품었던 사랑도 속절없고
믿었던 사람도 떠나가고

숙명이련가
청춘, 너희는 기쁘기만 하여라

그러니

사람아
먼저 가거라
나는 좀 더딜 것 같다
여기서 조금 더 기다려
그 미련한 사람이 단단해지면 가련다

사랑아
먼저 잊어라
나는 좀 질척댈 것 같다
여기에 조금 더 앉아서
그 알 수 없는 사랑을 헤아려 보련다

인생아
먼저 흘러라
나는 좀 천천히 가야 할 것 같다
여기에 조금 더 멈춰서
그 우중충한 삶이 환해지면 떠나련다

그러니
무엇이든 네가 먼저 하거라
나는 좀 남아서 시나 쓰다 가련다

물어나 봅시다

"부산 아지매여, 잘 지내능교 학생들은 말 잘 듣습니껴
주위 사람들은 아직도 그대 편입니껴 그때를 떠올리며 오
랜만에 손 편지를 써봅니데이"

눈부시게 시리던 4월, 벚꽃과 함께 들려온 비보
눈물과 설움으로 달리고 달려 그대를 찾았을 때
외려 덤덤한 표정으로 맞이하는 그 모습이 더 슬펐소
검은 상복을 입은 아들들을 보고 그 자리에 주저앉고 말
았소
마치 내 아들이 서 있는 것 같아 미쳐버릴 것만 같았소

왜 그 자리에 저 아가들이 있어야 하는지
왜 그 모습을 이 사람들이 보아야 하는지

물읍시다, 물어나 봅시다

무엇이 급해 그리 빨리 가셨답니까

눈부시게 아름다운 4월, 벚꽃을 슬픈 꽃으로 만들어 놓고
눈부시게 자랑스러운 두 아들, 그리움에 가두어 놓고
눈부시게 빛난 내조의 여왕, 눈물의 여왕으로 만들어 놓고

물읍시다, 물어나 봅시다
그리 빨리 가니 좋습디까

하늘 연家 1

이름 먼저 지었지

뒷산에 꾀꼬리는 가정 음악실이 되고
눈앞에 흐르는 개울가에 버들가지 춤추고
뒤꼍에는 대나무 소리로 담장을 만들고
다랭이 논 옆으로 손길 닿을 만큼의 텃밭이 있는 남향집

일층에는 소박한 파티 룸이 있는 주방 공간
낭만 가객 입장 시에는 각자 먹을거리 챙겨 오게 하고
이층에는 하얀 린넨으로 깔아 둔 침실 전용 공간
마음속에 저장해둔 결 맞는 사람들 편히 잠들게 하고
삼층에는 가족들만의 온전한 힐링 공간
언제라도 따로 또 같이 푸르른 쉼 해야지

마당엔 곰살맞은 복실이와 우주 함께 살고
뒷마당엔 키 작은 청계 닭을 키워 알을 꺼내오고
작은 텃밭에 고추랑 오이랑 가지랑 심어 나눠 먹고
둘레 길엔 보라색 맥문동과 도라지만 심어야지

하늘이 보이는 유리 지붕으로 돔을 만들어
별 달 구름 비 친구들과 밤낮으로 수다 떨고
햇살이 내려앉은 테라스의 작은 풀장에 몸을 담그다가
다락방에 만든 도서관에서 책 보면서 졸아야지
세월이 흐르든지 말든지 살아가야지

들꽃 한 다발 꺾어 자전거 바구니에 담고 노니는 곳
하 · 늘 · 연 · 家
이름 먼저 지어두었지

제2부

내 생애 가장

아름다운 일주일

감 잡은 까치

감 따러 올라간 우리 집 영감
고개 들어 쳐다보니
아슬아슬

감 따러 올라간 아랫집 영감
고개 돌려 슬쩍 보니
두근두근

감 먹으러 올라간 눈치 없는 까치 녀석
까~까악 깍깍깍깍
영~감이 떨어졌어

내 생애 가장 아름다운 일주일

벨기에 골목길 꽃핀 와플로 간밤에 신경전 달달하게 녹이고
조각처럼 맞춘 돌길을 따라 오줌싸개 소년을 만나고
브뤼셀 길드 하우스 광장 앞에서 폼나게 사진도 찍고
브뤼해 운하를 지나는 하얀 배를 우아하게 내려다 본다
그래, 벨지움 산 카펫은 앉아만 보고 놓고 오는 걸로

자전거만 빌릴 수 있다면 완벽한 나인 스트리트에서 페달 밟듯 달리고
뭔지 모를 워프 앞에서 젊은 척 찢어진 청바지를 드러내며 브이를 외치고
암스테르담 안네 프랑크의 집을 거쳐 풍차마을에서 고흐의 틴을 사고
마우리츠하위스 미술관에서 귀걸이를 단 소녀를 익숙하게 만났다
아차, 고향 냄새 짙은 거기 거기 치즈는 줘도 못 먹는 걸로

노브레인이 외치던 룩셈부르크에서 럭셔리한 할아버지들을 만나고

바로크 양식으로 지은 노트르담 대성당에서 기도하고

유럽에서 가장 아름다운 발코니 보크 포대 지하터널을
슬프게 걸어보고

국민 맥주인 보퍼딩은 시원했지만 쓴맛, 싸서 다행이었
다

이런, 빌레로이앤보흐 도자기는 쇼 윈도우에서 보고 한
국에서 사는 걸로

개선문 앞 상제리제 거리에서 독하게 매력적인 흑인 쇼
걸을 보고

사방에서 바라보는 에펠탑을 감상하면서 오르고 올라 마
카롱을 먹고

루브르 박물관은 뒤로하고, 오르세 미술관에서 밀레의
만종을 보고

베르사유 궁전 앞 예쁜 길에서 쭉쭉 뻗은 나무들과 산책
하듯 걸었다

밋쳐, 일생에 한 번 몽블랑 둘레길 부산 몽블랑 언덕길을
먼저 걷는 걸로

아픈 역사의 흔적과 유럽 예술의 트렌드가 공존하는 베를린에서 쉼하고

독일을 대표하는 랜드마크 평화의 문 브란덴브르크 문에서 차 마시고

수도 중심을 흐르는 슈프레강에 위치한 섬을 배경으로 인생 샷도 남기고

가난한 예술가들의 골목 슈바르첸베르크 하우스에서 함께 낙서를 했다

좋아, 로렐라이 언덕에서 파는 와인을 마시며 나일강의 소녀가 되는 걸로

어디를 가는 것이 '뭣이 중헌디', 누구랑 가는 것이 '미칠 일이지'

유쾌 상쾌 통쾌한 여의주를 물고 호사장과 떠난 베네룩스 여행

내 생에 가장 아름다운 일주일

내 생애 가장 헛갈리는 일주일

비 雨

호랑각시비는
수줍은 호랑이가
햇빛 좋은 날에 시집을 가는 날
부끄러워 소낙비로 가리는 날
햇빛과 동업하는 소낙비 마음

단비는
애타는 농부들이
가뭄이 심한 날에 정성을 다한 날
달달하게 땅속마다 적시는 날
하늘과 동업하는 농부의 마음

사랑비는
가탑리 순수청년이
마정리 문학소녀를 만나 살아가는 날
알고도 모른 척 속아 넘어가 줄 때 내리는 비
평생 동업해야 하는 부부의 마음

안개꽃 잔치

늦은 밤 공원에서 안개꽃 잔치 열렸네
소나무와 적 단풍은 안전지킴이로 서 있고
줄 맞춰 서 있던 가로등은 손님들 길 안내하네
도랑 길에 나뒹굴던 낙엽들도 웃을 준비를 하네

늦은 밤 공원에서 안개꽃 잔치 열렸네
주인과 다니던 강아지는 엉겁결에 초대를 받았고
쫓기듯 다니던 고양이도 당당하게 초대를 받았네
저녁 먹고 나온 가족들도 즐길 준비를 하고 있네

늦은 밤 공원에서 안개 꽃 잔치 열렸네
서있는 자리가 무대인 그곳에서
야옹이는 늦은 세수를 하며 노래 부르고
멍멍이는 꼬리를 쫓으며 빙빙 춤을 추네
발걸음은 음악에 맞춘 듯 경쾌하기 그지없고
안개에 숨은 달빛과 가로등은 우아하게 반짝거리네

늦은 밤 공원에서 안개 꽃 잔치 제대로 열렸네

철쭉은 하품 중

올리브그린으로 수놓은 골프장에
중년의 커플들이 줄지어 나타났다
능수버들은 해저드로 유혹하고
그림 같은 소나무는 목표물이 되고
4월초, 철쭉은 아직 하품 중이다

살랑거리는 바람 잡아 베개 삼고
날아다니는 산새 불러 자장가 들으며
무리지은 철쭉들은 비스듬히 누워 낮잠 중이다
끈적이는 꽃대마다 침 흘린 자국들
페어웨이 양옆으로 눈부신 꽃동산을 만들
철쭉은 지금 하품 중이다

아무도 잠들지 말라

내가 왔다
1404호 문을 두드리지 않고
도란도란 속삭이는 틈을 타서 숨어들었다
기다려 주는 이 없지만 하 그곳이 수상하여
소리 소문 없이 뛰어 들었다

뭐가 그리 좋을까
사부작거리는 소리에 귀 기울인다
요리조리 발톱 깎는 소리
무릎에 누워 귀 후비는 소리
토닥토닥 어깨 두드려주는 소리
일단 정겹다

TV 소리에 섞인 웃음소리 잠잠하더니
교대로 드르렁거리며 잠이 든다
기회는 이때다
안심하고 묵어도 좋을 집
이참에 둥지를 틀어야겠다

아무도 잠들지 말라
내가 왔다
귀뚜르 귀뚜르르 귀뚜르
내 짝도 찾아주고 잠들지
귀뚜르 귀뚜르르 귀뚜르

골프장 나들이

태생이 까무잡잡하고 햇빛 노출을 싫어하는 나, 하필이면 봄볕이 쨍쨍한 날 골프를 치자 하니 여간 고역이 아니다 오빠 내외와 남편은 선수 같은 골퍼, 나는 몇 년째 왕 초보, 오래전부터 같이 하자고 졸랐지만 따가운 햇볕을 온몸으로 받아치며 하는 골프는 내키지 않았다 골프가 운동이고 재미이고 스트레스라고 하지만 솔직히 까만 얼굴이 더 까매질까 봐 걱정, 몇 번을 따라 다니다 보니 계절 따라 명품 옷을 갈아입는 필드는 나를 충분히 유혹하고도 남았다 그늘 둥이라는 별명을 벗어 던지고 당당히 햇볕을 마주하면서 환상의 파트너인 언니 오빠 남편과 함께 골프장 나들이 중이다 실력은 연습 부족, 의지 부족으로 더디지만 늦게 피는 꽃만큼 눈부시다, 매번 그렇다.

뜬금없다

뜬금없이 소원을 빌 때가 있다

꽃을 하염없이 보다가도
별을 깜빡이며 보다가도
달을 기웃기웃 보다가도
해를 뚫어져라 보다가도

뜬금없이 소원을 빌 때가 있다
소원이 다 이루어지는 건 인생이 아니라는데

라다크 가는 길

엄마, 외할머니가 돌아가셨어요

해발 삼천 킬로미터 히말라야 산맥,
벌에 쏘인 것처럼 윙윙거리는 자동차로 고개를 넘을 때
다급히 들려온 아들 녀석 목소리

부모님 병환 중에는 반경 5킬로미터를 넘지 말라던
공자님 말씀이 가슴에 꽂히듯 박혀버렸다
수행 길도 아닌데 어쩌자고 이 먼 길을 달려왔을까

인도 노래가 구비길 따라 요상하게 꼬불거릴 때
하얀 이를 드러낸 까만 총각 기사가 곡예사처럼 운전할
때
아찔하게 덜컹거리는 차창에 세게 한 대 얻어맞았을 때
수행 길도 아닌데 어쩌자고 이 먼 길을 달리다 깜빡 졸았
을까나

꿈이었다

음력 유월 열엿새

오늘은 친정엄마 생신이다

하늘 연 家 2

구름이 솜처럼 피어올랐어
뉴델리에서 라다크 가는 비행기 밖 풍경은
목화솜으로 만든 솜사탕이 떠다니는 것 같았지
다양한 국적을 가진 사람들은 신발을 벗어 던지고
부풀려 놓은 솜 길을 걷는 기분으로 라다크로 향했지
환호성은 끊임없이 새어 나오고
비행기는 구름 솜을 타고 가볍게 날았지

별빛이 비처럼 쏟아졌어
손에 닿을 듯 말 듯 한 청정의 거리에서
섬광처럼 빛나는 저 별들은
누구의 번뇌에서 녹아 별이 되었을까
누구의 가슴에서 살아 반짝이는 걸까
휘황찬란한 별빛은 하늘을 열어주었고
하늘연家는 별빛이 내리는 라다크였지
손끝에 닿은 별은 한참 못 본 님 보듯 무척이나 설레었지

플리트 비체

풍덩 빠지고 싶더라, 청록 빛 사연을 머금은 호수는 유유히 거니는 물고기들과 담소를 하고, 쏟아지는 폭포 뒤에 숨겨둔 크로아티아의 역사를 읽는다 흙에 박힌 징검다리를 따라 걸으면서 나라마다 사람마다 담긴 아픔을 지긋이 밟아주니, 물그림자 만든 나뭇가지는 기쁨에 춤추고 언덕 위에 자리잡은 나무들은 구경꾼들과 합창을 하더라!

곳곳마다 아름다운 속삭임은 노랑 풍선이 띄워주고, 방금 파리에서 온 듯한 내 친구는 선글라스 너머로 또 감탄하며, 우리 아들이 두고두고 놀려 댈 추억의 사진을 진하게 남겼다 오래 기다려온 단짝과의 밀월여행에 연신 혀 짧은 소리를 내는 저 여인은 호수 위를 나는 새처럼 사랑스럽다 동양 사람들은 여유로운 호수를 닮아있고, 서양 사람들은 호숫가에 걸쳐진 나무를 닮아있다 얼굴이 붉은 그는 호수에 비친 햇살처럼 노래하고, 머리가 하얀 그는 작은 숲속에 피어나는 물아개처럼 노래한다 청록 빛 사연을 담은 플리트비체의 호수인지, 고급지게 노래하는 파란 눈의 중년신사인지, 순간 풍덩 빠지고 싶더라! 이·미·풍·덩·빠·졌·다

복실이

그놈 참 곰살다

무뚝뚝한 쥔장
습관처럼 오가는 사람들
가끔씩 보는 나도 손님이건만
목소리를 기억하니
내밀어 준 손길을 아는 거니
얼어버린 밥그릇을 녹여준 따듯한 국물이 생각나는 거니

정월 초하루처럼
복실이
그놈 참 곰살다

마음공부

신성우 닮은 한약사는 공진단을 만들어와 예쁜 짓 하고, 계족산인 경찰은 일상 지킴이 상식을 줄기차게 알려주고, 전생에 교수님이었을 수석 팀장은 백과사전처럼 상식을 풀어주고, 인간의 가치를 높이 사는 인문학 강사는 분위기랑 먹거리를 챙겨오고, 세상만사 다 똑같다며 평정심 제일인 교수님은 꼬리에 꼬리를 무는 잡담이 길어질까 얼른 논어 책을 편다.

다섯이 모여 '마음공부'라는 미명하에 공자님 말씀을 성독하며 한마음이 된 지 벌써 십여 년째, 시작하는 용기로 만나 존중과 배려를 하고 사랑과 신뢰가 쌓이니 공존공영 공생을 하는 도반이 되었다.

서예 퍼포먼스로 세계화를 꿈꾸는 교수님은 사랑방 같은 서실을 제공하며 매번 차茶를 준비한다. 자왈子曰 학이시습지學而時習之이면 불역열호不亦說乎라, '배우고 때때로 익히면 이 또한 기쁘지 아니한가', '차 한잔 막걸리 한잔 차곡차곡이면 이 또한 기쁘지 아니한가' 책 덮고 이제부터는 인생공부 시작이다. 茶 · 穀 · 茶 · 穀

지구별 여행을 하는 이유

언어의 마술로 사람들을 유쾌하게 만드는 이
고집을 세우지 않고 바로 인정할 줄 아는 이
영혼의 말까지 잘 들어주고 기 살려주는 이
계산하지 않고 아낌없이 줄 줄 아는 이
따듯한 세상은 내가 따듯해지는 거라는 이
웃음 코드가 잘 맞는 이
잊을 만 하면 문득 안부를 물어 주는 이
오랜 세월 변함없이 웃으며 지켜봐 주는 이
작은 약속도 소중히 여겨 배려할 줄 아는 이
오랜만에 보아도 어제 만난 것처럼 늘 반가운 이…

내가 지구별 여행을 하는 이유는 이 사람들 때문이다

제3부

나이, 생각보다 맛있다

내공

내공이 있으면 유머가 있고
유머가 있으면 각박하지 않아
그 사람 저급하게 나오면
이 사람 품격있게 가면 돼

상종 말라는 건 옛말
상종하면서 그냥 웃어줘

내공이 깊으면 유머로 안을 수 있어

소리 샘*으로 차린 밥상

강의 중에 울린 소리 샘 문자
오랜만에 받아본지라
두 근 반쯤 되는 설렘을 주머니에 넣었지만
실룩거리는 입 꼬리에 헛소리만 툭 터져 나왔다

잊을 게 따로 있지
확인 못 한 소리 샘 문자가 생각나
겉옷을 던지듯 놓고 안방 화장실로 달려가
문도 닫기 전에 꾹 눌렀다

아줌마아
차 빼 유
야?

기대는 빵 터지고
까르르 반찬, 웃음 한 냄비 끓여 먹던 중
나는 물을 품어 남편 얼굴을 적시고
남편은 밥알을 품어 내 얼굴에 붙이고

숟가락 젓가락은 난타 공연을 방불케 했다
들녘 새참보다 훨씬 맛난 소리 샘 저녁상

아저씨이
맛나쥬
야?

* 소리 샘 : 음성 메시지가 담긴 녹음파일(음성 사서함)

된장(녀)

콩밭에서
타닥타닥 깨 볶는 소리가 난다
어르고 걸러
작은 알밤같이 생긴 콩들이 모이면
물에 팅팅 불고 나무 장작에 탱글탱글 부어야
바깥 구경을 한다

몇 대손 종부의 손까지 오느라 애썼다며
정갈하게 두드려주면
바람과 시간만이 드나들 수 있는
공간의 미학이 만들어지고

잘 마른 녀석들만
백 년 묵은 항아리로 갈 수 있는 영광을 누리고
하늘과 땅의 기운까지 오롯이 받아 기다리는 시간

누가 된장녀라 했던가
하늘과 땅과 바람과 시간의 기운까지

오롯이 받아 기다린 그녀다
무개념이 된 너, 오늘부터 아웃이다

나이, 생각보다 맛있다

학교 화단에 심었던 빨간 칸나
친구랑 꽃잎 떼며 놀던 길가의 코스모스
일찍 철들어 심지 굳은 대문 밖의 국화
해질녘 하품하며 일어나는 담 밑의 달맞이꽃

치마와 입 주변을 붉게 물들인 오디
눈이 쌓인 나뭇가지에 매달린 고염
단지 속에 짚을 깔고 숨겨 놓은 대봉감
라면과 바꿔먹은 뒷마당의 귀한 청포도

고무줄놀이 할 때마다 줄을 끊어대던 창호
책걸상 넘어오지 말라고 줄긋던 원식이
대문 고리에 편지 걸어놓고 줄행랑치던 짱구
여자라고 인정사정 안 봐주던 자치기 대장 영선이

엄마는 싸움질하지 말라며 부지깽이 들고 뛰고
아버지는 들에 나가셨다 개똥참외를 들고 오고
중학생 큰오빠는 공부 끝나고 오면 자전거를 태워주고

작은 오빠는 일하는 아저씨 갖다 드리라고 술심부름 시
키면,

　빈 주전자만 달랑 들고 걸음걸이 요상하게 돌아오고

그때 그 시절을 돌아보니 나이 참, 맛있게 먹었다

하늘에서 떨어지는 고독은 낙엽이라 했던가
익어가는 감나무는 진리라 했던가
우렁차게 개짓는 소리는 깊은 밤을 알리고
연기 나는 마을은 우리들의 고향이지
따뜻한 추억들, 이제야 알 것 같은 세월은 약손

끌리는 사람들

무엇이 그리 바쁠까

중심 잡고 사는 사람들은
바빠도 괜찮다는 말을 하며 살고,
허둥지둥 사는 사람들은
바쁘다는 말을 입에 달고 산다

마음에 여유가 없는 사람들은
어쩌다 약속이라도 잡히면
펑크 내기 일쑤이고,
어쩌다 왔을까 싶으면
이중 약속으로 중간에 일어서며
미안하다는 말만 날리고 먼지처럼 사라진다

만날 사람은 만나게 되어있고
헤어질 사람은 헤어지게 되어있다
억지로 만난 사람 속세 인연 아니니
오는 사람 반갑고 가는 사람 더 반갑다

끌리는 사람들만 보고 살아도 모자란 시간
누구나 다 그렇다
나이드니 더 그렇다

대전은 언제나 맑음

잘 있었니, 친구들아
서울 빌딩 숲속을 떠난 지 30년
지옥 버스와 전철을 탈출한 지도 30년

이 한 몸 빠져나갔다고 복잡함이 줄어들겠냐만
이 한 세상 얼마나 살겠다고 부대끼며 살았는지
미련 없이 떠나온 그곳이 부럽지도 않구나
미련 없이 돌아선 서울이 그립지도 않구나

느긋한 것이 영락없이 대전댁이라며
칼칼하던 성질 다 어디 갔냐고 놀려대도
회색빛 하늘보다 푸르른 이곳 하늘이 더 좋더라

잊을만하면 묻는 네 안부,
대전은 언제나 맑음

오드리 될 뻔

베레모 눌러 쓰고 붓통 들고 다니던 그녀, 화가 될 뻔
통기타 등에 메고 악보 들고 다니던 그녀, 가수 될 뻔
소설책 옆에 끼고 원고 들고 다니던 그녀, 작가 될 뻔

화가 될 뻔한 그녀는
인사동 골목에서 갤러리를 운영하고,
가수 될 뻔한 그녀는
양평에서 라이브 카페를 차리고,
작가 될 뻔한 그녀는
섬마을 초등학교 선생님이다

카피라이터가 꿈이었던 나는
시인들의 이야기를 카피하며 강의를 하고 있다
될 뻔한 여자들이 모인 우리늘의 블루스는
오드리 햅번이 아니라 '오드리 될 뻔'

케렌시아*

고삐가 풀렸다
아무것도 뵈질 않았다
한순간도 멈출 수 없었다
그렇게 살았고 그렇게 살아야만 했다

숨이 막힌다
헐떡이며 고개 들어보니 또 다른 내가 있다
소중한 것을 놓치고도 일중독이라니,
듬성듬성 뽑힌 원형탈모
멀미를 위장한 위염
속 시끄러운 대장
자리를 들썩이는 방광
얼음골에 걸린 손발
무엇 때문에 거기 있는지
누구를 위한 투우사인지
왜 멈추기를 두려워하는지

거친 파도 넘어서니 노을빛 닮은 시간이 왔다

스페인 붉은 광장 문 굳게 걸고
긴 고랑 밭길 따라 숨고르기 해도 좋을 때
왕방울 소 눈에 비친 내 속 구유를 닦아낸다
철퍼덕 주저앉아 되새김질 장단에 맞추며
질질 침 흘리며 이제는 졸아도 좋을 때

살다가
밑도 끝도 없는 울렁임이 토해내듯 올라올 때면
고향 집 외양간에 들어앉아 충전하고 싶은 순간이 있다
꼭 그런 날이 있다

* 케렌시아(Querencia) : 에스파냐어로 '투우 경기장에서 소가
  잠시 쉬면서 숨을 고르는 장소'라는 뜻으로, 자신만의 피난처
  또는 안식처를 이르는 말

철종이와 종숙이

어릴 적부터 정이 많던 친구는 어른이 되어서도 여전했어, 혼자 계신 동창 엄마들 찾아뵐 때면 매번 양손으로 들고 와서 똑같이 나눠드려 모두를 감동시켰지, 아무나 그러지 않아, 내 친구 철종이만 그랬지

비가 살짝 뿌리고 가면 어김없이 쑥 캐러 다녔어 홀딱 벗고 목욕도 같이 했지 한여름 밤에 지핀 연기 베고 누워 밤마다 달도 따고 별도 따느라 멍석 말 듯 데굴데굴 굴러다니며 웃어댔지, 내 친구 종숙이랑 그랬지

10여 년 만에 셋이 만났어. 철종이는 머리가 빠졌고 종숙이는 살이 빠졌고 나는 좋아서 얼이 빠졌지, 추억 속에 친구들은 오랜만에 보아도 어제 본 것처럼 반가웠지, 퇴직 후엔 둘 다 시골 내려와 철종이는 이장을 맡아 동네 어르신들 보필하고, 종숙이는 봉고차 하나 사서 어른들 손발이 되어 봉사하다가 죽을 때까지 살고 싶대, 말만 들어도 근사한 내 친구들, 유안진 시인의 글처럼 나이 들어서도 '저녁이 되면 허물없이 찾아가 차 한 잔을 마시고 싶다고 말할 수 있는

친구, 입은 옷을 갈아입지 않고 김치 냄새가 좀 나더라도 흉보지 않을 친구, 고무신을 끌고 찾아가도 좋을 친구'들이 있다는 것이 너무나 행복해. 장하고 예쁜 내 친구들, 철종이와 종숙이.

세 친구

작고 야무지던 친구는
멋진 제복 차림의 시내버스 운전기사
중간쯤 앉아 공부만 하던 친구는
꼬물꼬물 놀아주는 곤충 박사
키만 큰 허당 친구는
사람이 좋아서 사람 얘기에 빠진 인문학 강사

어렸을 때 서울만 다녀오면
버스에 번호가 달렸다며 신기해하더니
서울에서 시내버스 베스트 드라이버가 되었고
매일 쪼그리고 앉아
개미 이사 가는 얘기 흥미진진해 하더니
아들 학교 교양과목 가르치는 곤충학 박사가 되었고
동네 언니 동생 죄다 모아놓고 선생 노릇 하더니
인간의 가치를 가치있게 전달하려는 인문학 강사가 되었다

콩 심은 데 콩 났고
팥 심은 데 팥 났다

우리 엄마는 할머니다

나는 8살
세쌍둥이 여동생들은 7살
아빠는 타지로 돈 벌러 갔다가 주말에 오시고
엄마는 언제 집을 떠났는지 얼굴도 모른 채
일주일 내내 함께하는 우리 엄마는 할머니다

세쌍둥이 동생 중 아픈 막내
절룩거리며 걷는 걸 보면 내 마음도 절룩절룩
동구 밖 좁은 길을 지나 밭에 갈 때
두 동생과 할머니는 앞장서고
그 뒤를 따르는 나와 막냇동생
불안스레 뒤뚱거리는 모습을 보다가
할머니 몰래 얼른 업어버렸다
어느새 뒤돌아본 할머니 목소리 동네를 흔든다
넘어질 것 같다고 업어주면 되느냐
넘어지려고 할 때 안 넘어지게 잡아줘야지
그러다가 영영 아픈 동생 되면 어쩌느냐
오늘따라 유난히 큰 할머니 목소리

분명 나보다 더 속상한가 보다
얼음 된 동생과 나는 눈물만 뚝뚝

동구 밖이 소란한 주말 오후
있는 대로 목을 빼고 앉아있는 네 마리 미어캣
아니다, 자리만 내준 할머니 미어캣도 있다
순식간에 사라지는 별똥별
사뿐히 날개짓 하는 노랑나비
숨죽이며 걷는 야옹이 발소리
오늘만큼은 우리 눈 귀로 모두 접수 완료
기세등등하던 그때 여덟 쪽 귀 사정없이 쫑긋
저 멀리 개미만 한 트럭 한 대 우리를 향해 돌진 중
동시에 벌떡 일어난 미어캣들 아빠를 부르며 뛰어 간다
하루도 당김 없이 오늘도 딱 일주일만이다
오늘은 아빠를 만나는 날

그리운 순서 정한 적 없건만
아빠 목을 매달리는 건 동생들 차지

내 그리움 빙빙 돌고 할머니 그리움 마당 끝
웃음소리 잦아들고 하나둘 자리 뜨면
그제야 차지하는 아빠 품속은 따듯한 이불
보고픔이야 하늘 땅 만큼인데
아빠 눈도 제대로 못 보는 나는 바보
눈치 빠른 아빠는 머리를 쓰다듬으며 묻는다.
아들아, 잘 지냈느냐
못 지냈다고 말하고 싶은데 거짓말이 툭
아빠, 잘 지내고 있어요.
다섯이 모여 자는 날은 누워서 밤새 춤추는 날

아빠 떠나는 날은 모두 입 닫는 날
떠들썩 밥 먹던 소리
세 동생들 재잘거림
할머니 잔소리마저 조용하다
누가 먼저 입을 떼면
바람처럼 사라질 것만 같은 아빠
침묵에 지친 동생들 매달리기 시작한다

아빠, 안 가면 안돼요?

아빠, 언제 올 거예요!

아빠, 가지 말아요!

또다시 주변만 서성이는 할머니와 나

그만 아빠를 보내라는 말도

어서 차타고 가라는 말도 못 한 채

여덟 살 내 인생 통틀어 최고로 아픈 날

꾹 참고 있던 나와 아빠 눈이 마주쳤다

재빠르게 눈코를 한꺼번에 쓸어내리는 아빠

씩씩하던 아빠가 지고 오늘은 내가 이겼다

이겼지만 기분은 별로다

아빠가 나를 불러 긴 팔로 안아주며 얘기한다

아빠 없는 집안에 남자는 나 하나라고

아빠가 떠나면 네가 이 집 가장이란다

잘 알고 있으니 걱정 말라고

또 거짓말로 아빠 속을 달랬다

손주들에게 아들을 양보한 우리 할머니

애틋하게 아빠를 부르신다

아들, 나도 좀 안아주고 가

할머니도 애기가 되셨다.

나는 바로 뒤돌아서서 두 손 모아 기도했다

나, 동생들 셋, 아빠, 할머니, 엄마까지 일곱이 아니라

여섯이 살아도 좋으니 날마다 함께 있어달라고

눈을 꼭 감은 채 중얼거렸다

내 기도보다 더 간절한 것은 눈물 삼키는 동생들

어느새 아빠 차는 동구 밖을 벗어나고 있었다

차라리 동생들보다 내가 낫다

기도하느라 눈 감고 있었으니

꽃비가 무심히 내리던 날 인간극장 재방송을 내리 보았
다 모자람 속에서 밝게 커가는 아이들, 그리움 속에서 성실
하고 듬직한 아버지, 힘겨움 속에서 따뜻한 교육 철학을 가
진 할머니, 눈물 콧물 꽃물까지 섞으며 그들을 만났다 또
묻는다 사람 사는 얘기만큼 뜨거운 것을 본 적이 있느냐고

모처럼 토닥토닥

펜데믹 이후 처음이다
그녀를 보는 건
페도라 모자 구름처럼 이고서 오겠지

코로나 이후 처음이다
그이를 보는 건
버버리 코트 바람처럼 걸치고 오겠지

왼쪽에 앉은 남자는 딸 시집보냈고
그 옆에 앉은 여자는 아들이 취업했고
오른쪽 앉은 그는 시인으로 등단했고
그 옆에 앉은 이는 별일이 없었단다

반갑다고 토닥토닥 잘했다고 토닥토닥
얼굴 마주 보고 앉아 모처럼 토닥토닥

제4부

가족이란 이름으로

욕봤다

"숨 붙어 있는 죄로 끌어안고 사느라 욕봤다. 니 팔자 내
팔자 닮은 듯 안 닮은 듯 서로 피해 갔지만, 맘 구석 마디마
다 해묵은 빗장 걸려있다. 숨 붙어 있다고 다 끌어안고 사는
것 아닌데 이곳에서 해루질* 하듯 사느라 참말로 욕봤다"

性이 다른 이로
城에 들어와 살면서
成이 차지 않아 미련스런 나에게
욕봤다는 노래를 불러준 유일한 분
이승에서 천사였던 시어머니는
하늘나라 천사로 나타나서는
욕봤다고 등을 쓸어내리며 안아 주셨다
한참을 그렇게 안겨있고 싶었는데 꿈이었다

한참을 그렇게 또 울었다

* 해루질 : 밤에 얕은 바다에서 맨손으로 어패류를 잡는 일

딸이 있으야 혀

이봐 유 마눌쟁이, 아들놈 아무짝에도 소용 읎어
당신 아퍼 누웠는디
큰놈은 사업헌다고 목돈 가지 가서는 바쁘다고 안 오고
작은놈은 애가 셋이나 딸려 꼼짝 허기 힘들다고 안 오고
막내 놈은 사계절 내내 방구석에서 뒹굴더니
하필 지 엄니 입원 헐쯤 딱 맞춰 회사 들어갔다고 안 옵
디다

이봐 유 마눌쟁이, 아들놈 쓸 다리 읎당께
살믄서 쫄린 적 읎는디
병원 옆 침대에 누워있는 부여 댁말여
아들 한 놈 읎다고 속으로 뭐랬는디
고 딸래미들 하루도 안 빠지고 번갈어 가매 기맥히게 잘
헙디다

이봐 유 마눌쟁이, 아들 타령 허지 마소
하도 깝깝허여 오늘도 도솔산 정상 찍고 왔당께
뭣 헐라고 무릎도 성찮은디 쏴 댕기냐며 성화지만서두

78

뭣 허기는 뭣 허요
첫날밤 등잔불에 비친 내 각시 맞이허듯
당신 퇴원허는 날 새 장가 한번 들라 그라지
세 아들놈 놓느라 심은 좀 빠졌지만
장담컨디 한 놈 더 건질 심은 남었당께.

이봐 유 마눌쟁이, 아들놈 고만 지둘리고 후딱 일나 오소
씰데없이 막내 놈 준다고 싸둔 신삥 이불 우리가 쓰야지
뭔 놈에 아들꺼여
두근두근 내 그날만 지둘릴 참이구먼
까이꺼 이참에 이쁜 딸 하나 건져 보장께

뿌리 깊은 나무

'충남 부여군 일대의 땅을 경지정리 해달라'는 탄원서와 계획서를 대통령실로 보낸 우리 할아버지, 얼마 후 부여로 故 박정희 대통령이 헬기를 타고 와 할아버지를 픽업하였고 해당 지역을 돌며 한 시간 반 동안 브리핑을 하셨대, 그 후 우리나라에서 전천후 농업의 효시를 이룬 곳이 되었다고.

작은할아버지와 야학을 열어 문맹을 퇴치하는데 앞장서고 아버지, 고모, 오빠, 내가 다녔던 당시 마정국민학교도 설립하신 분, 여성도 배워야 한다, 신문물을 받아들여야 잘 살 수 있다며 계몽운동을 하신 분, 양력 1월 1일을 설날로 정하여 동네 사람들과 떡국을 나누어 먹었었지

"우리가 근본이 있는 집안이니 말과 행동거지를 잘해야 할아버지의 뜻을 잇는 것"이라고 친척 어른들이 자주 말씀하셨던 기억이 나, 늘 반듯하게 앉으서서 책을 읽는 모습, 기품있게 조용하셨던 것, 세수하다 쓰러지신 후 돌아가신 것, 큰집 오빠가 슬피 울었던 것, 상여 앞으로 엄청나게 많은 깃발이 줄지어 가던 기억이 아련한지, 할아버지와 작은할아버지는 형제애가 빛났던 우리 집안의 뿌리 깊은 나무

셨어 자존심보다 자존감을 갖고 살아가는 큰 이유가 되었지, 우리 할아버지의 손녀딸이라는 것이 정말 자랑스럽지.

* 구룡평야 : 부여 규암면, 구룡면, 홍산면, 옥산면, 남면, 장암면으로 둘러싸인 광대한 지역으로 우리나라에서 전천후 농업의 효시를 이룬 곳. 한때 3,000ha가 넘는 비옥한 토지를 이루어 부여 제일의 곡창지대가 되었으나 최근에는 비닐하우스에 의한 시설원예농업으로 들판 전체가 하얀 하우스로 덮히는 농업경관을 이루게 되었다

막걸리

아부지이
큰 소리로 대문을 열고 들어서자마자
가방 속 막걸리를 꺼내 흔든다

아이고 우리 딸 왔냐며 반가운 척
신발을 질질 끈 아버지는 급하고
눈빛은 이미 막걸리에 꽂혀 있다

뭐유, 이러기 있기 없기
오늘도 딸보다 술병이 먼저유
우리 부녀상봉에 빠지면 큰일 나는 막걸리

문밖까지 기름 냄새 풍기며 술안주 알리는 이순녀 여사
오늘도 철없이 술병 낚아채는 모습 보며
그놈의 술 지겹지도 않냐는 눈빛으로
녹두전을 냅다 뒤집는다

막걸리에 부침개 먹으며
꿈꾸는 백마강 한 소절 불러줘야 하는데
술잔을 부딪치며 꿀꺽꿀꺽하는 소리 미치도록 그리운데
와자지껄하던 우리 집 대문은
침묵의 고리로 굳게 걸려있다

아부지이
문 좀 열어 봐유
막걸리가 아니라 그리 이쁘다던 막내딸이 왔슈
아니 딸이 아니라 그리 맛난 막걸리가 왔당게유

엄마 둘 딸 둘

어렸을 때 행복한 기억 중 하나는
외할머니가 우리 집에 오실 때였어
맨발로 뛰어나가 할머니 품속에서 훌쩍이면
아이구, 내 새끼 잘 있었냐는 소리에
눈물 콧물 섞어가며 아래위로 고개를 흔들었지

외할머니랑 엄마랑 나랑 셋이면
신데렐라 부럽지 않았어
외할머니랑 엄마랑 나랑 셋이면
공주마마 부럽지 않았지

엄마 둘 딸 둘, 딸 둘 엄마 둘 하며
까르르 까르르 웃다가 사레가 들려 숨이 넘어갈 뻔도 했어
외할머니가 사 오신 원기소는 늘 장롱 속에 감추었지
작은 오빠가 한꺼번에 먹어 치우고도 남아서
그 당시 귀한 귤도 몰래 숨겨 놓고 먹었지
작은 오빠 알면 아작 날 것이 분명해서

외할머니와 헤어질 때가 매번 힘들었어
엄마 말 잘 듣고 있어야 이 할미가 또 온다며
아이구, 내 새끼 언제 또 보누 끌어안아 주시면
눈물 콧물 섞어가며 양옆으로 고개를 흔들었지
엄마와 엄마의 엄마는 들킬세라 뒤돌아서서 눈물 훔치고
세상 다 잃은 것처럼 난 큰소리로 펑펑 울어댔지

방안에서 이별하고
문밖에서 이별하고
셋이 손잡고 올라간 정자에서 또 이별하고
외할머니는 조금 가다 뒤돌아서서 손 흔들고
빠른 걸음 재촉하다 또 흔들고는
지평선 너머로 사라지셨지
엄마는 언신 눈과 코를 오가며 손수건을 적셨어

지금도 난 가끔 꿈을 꿔
엄마가 엄마를 위해 물렁하게 찐 고구마를 먹는 꿈

이불 홑청을 펴놓고 두 엄마가 바느질할 때
그 위에서 요리조리 굴러다니며 노니는 꿈
이젠
꿈이 아닌 현실에선 고구마를 먹기만 하면 체해
엄마 둘 딸 둘이 같이 먹어야 쑤욱 내려가거든
엄마 둘 딸 둘이 같이 먹어야 진짜 제맛이거든

울 엄마

비오는날 뒤껼에서 눈물비를 훔치셔서 속상했지
엄마치마 부여잡고 꽃그릇에 담아달라 졸랐었지
한글공부 숫자공부 한문공부 일어공부 해주셨지
오빠와난 지혜로운 엄마덕에 배려하며 살아갔지
아버지는 한평생을 잘먹었다 칭찬하고 떠나셨지
할배없는 할매들께 경사봉투 애사봉투 써주셨지
평생토록 어려운이 모자란이 챙기시며 살아갔지
고관절이 고장이나 요양병원 신세지며 괴로웠지
몸은고장 마음쇠약 지켜보는 우리들은 애가탔지
코로나로 면회한번 변변찮아 외롭게만 계셨었지
동화책을 사드리면 폭풍같이 읽고서는 웃으셨지
요양병원 원장님도 기품있는 분이라고 말하셨지
레테의강 건널때는 천수만수 누리시고 눈감았지

못한것만 떠오르는 죄송함에 번개처럼 울어댔지
잘한것은 생각안나 부끄럼에 천둥처럼 울어댔지

울엄마는 걱정말란 표정으로 얌전히도 떠나셨지
울엄마는 아기천사 날개달고 얌전히도 떠나셨지

눈물의 미역국

우리 아들 매끈하게 자라라고 끓인 미역국
우리 남편 보글보글 부풀라고 끓인 미역국
우리 엄마 따듯하게 지내라고 끓인 미역국

어쩌자고
아들 미역국보다
남편 미역국보다
엄마 미역국보다
나를 위해 끓인 미역국이 제일 맛났을까

울컥 눈물 한 줌 떨어지자 짠맛이 가득

둥근 국자로 민망함 한 움큼 건져내니
비로소 같은 맛으로 풀어지는 미역국
비로소 뭉친 눈물이 멈춰지는 미역국

오빠와 자전거

기억이 시소처럼 가물거리는 대여섯 살 즈음 큰오빠 등에 매달려 자전거를 탄 기억이 새록거린다 뒷산 꼭대기에서 그네 타는 것처럼 시원했고, 서편동네 한 바퀴를 돌 때쯤이면 꼬스름에 하마 입 되어 기뻐했고, 한 바퀴 더 돌 때는 무거워진 눈꺼풀로 오빠 등에 박치기를 했다 얼마쯤 지났을까? 땀인지 침인지 모를 축축함에 잠이 깼을 땐 대문을 들어서고 있었다.

50여년이 흘렀어도 기억이 참 따듯하다, 까까머리 중학생 큰오빠랑 다시 자전거를 타고 싶다.

고마운 일

기다리지 않아도 오는 너에게선
토끼풀 꽃 향이 나고
기다려도 오지 않는 너에게선
대나무 꽃 향이 난다

1984
대문 틈에서 웃던 편지는
그날도 비어있었고
휴일 점심때가 지나도 전화벨 소리는
고요하기만 했다
떠나면서 남긴 달콤한 말도
떠나자마자 편지가 도착할 거란 두근거리는 말도
자유를 누리고도 남은 병장,
그 님은 연락이 없었다
제대를 며칠 남긴 콧대 높은 병장,
그 님은 소식이 없었다

지금
토끼풀 꽃 향이 나는 난,
그 병장과 살고 있고
토끼풀 꽃 향이 나는 나와 사는 너에게선
가끔 대나무 꽃 향이 난다
귀한 대나무 꽃 향이 난다
고마운 일이다

완전체를 응원해

너를 보면 그냥 행복해
일찌감치 철들어 아직도 무거울까 싶지만
마음속에 촛불 하나 꺼지지 않는 것 잘 알지
마음속에 희망 하나 싹트고 있는 것 잘 알지
큰아들이라고 큰사람 되려 말고
큰 마음키워서 큰부자 되길 바래

너를 보면 그냥 귀여워
일찌감치 사랑만 받아서 철없을까 싶지만
마음속에 깊이있게 자리한 존중을 잘 알지
마음속에 따듯하게 자리한 배려를 잘 알지
작은아들이라고 작은 사람 되려 말고
작은 감사 모아서 작은 천사 되길 바래

아가들 보면 그냥 사랑스러워
우리집에 시집와 시부모 신경쓸까 싶지만
마음속에 맑은 모습 보여서 해맑음 잘 알지
마음속에 밝은 모습 보여서 환한 맘 잘 알지

큰며느리라고 크게 주려하지 말고
작은며느리라고 작게 주려하지 말고
지금처럼 아껴주면서 따듯하게 살면 돼
지금처럼 챙겨주면서 어여쁘게 살면 돼

아들들이 있어 우리집이 좀 빛났는데
아가들이 와서 우리집이 더 빛이 난다
고맙다
엄마 아빠는
이 시절이 화양연화로구나

아원이와 은꽁이

그댄 어느 햇살 나라에서 온 공주이길래
이토록 눈부신가요
그댄 어느 달빛 나라에서 온 요정이길래
이토록 신비론가요

까만 눈동자엔 별이 떠있고
하얀 얼굴에는 눈이 내리고
분홍 입술에는 꽃이 피었네

눈이 부시게 아름다운 그대여
이제 행복만 하여요

그댄 어느 별빛나라에서 온 공주이길래
이토록 반짝이나요
그댄 어느 꽃빛 나라에서 온 요정이길래
이토록 어여쁜가요

까만 머리에도 별이 떠있고
하얀 콧등에도 눈이 내리고
분홍 손톱에도 꽃이 피었네

눈이 부시게 아름다운 그대여
이제 행복만 하여요

알아가기

하늘이 흐린대도
파란 하늘에 흰 구름인 것처럼

좋은 부작용,
고운 빛깔로 채색 중이다
착한 아가들,
꿈결 같은 시간들이다

가끔
나 자신이 누구인지 상기시켜줘
엄마도 엄마를 알아야 하니까

쉰아홉에 떠난 사람

어스름 달빛에 젖으면 전화기를 들고
밤새 토끼처럼 절구통 수다를 떨고
조울증처럼 울다 웃다를 반복한 사람

생각대로 풀리지 않는 인생살이
같이의 가치를 호기롭게 논하더니
지천에 깔린 토끼풀도 매 초록인데
어이하여 이순耳順도 안 되어 헛헛하게 떠나셨소

아이큐 139, 쉰아홉 개만 쓰고 간 그 이름
작·은·오·라·버·니

내 사랑 가시고기

어떤 남편은 아내가 아기를 낳으면 마치 자기가 아기를 낳은 것처럼 미역국을 정신없이 먹는다더니 우리 집 남자 또한 그런 사람이다. 내가 배가 아프다고 하면 금방 자기도 따라 배가 아픈 사람, 시를 쓴다고 앉아 있으니 마치 내게 보시*라도 하는 양 자기도 한편 정도는 써줘야겠다며 돋보기를 쓰는 사람, 이리 봐라 저리 봐라 하며 귀찮게 하더니 수정본을 보내오는 이 남자, 참말로 육십 고개를 넘기고 아직도 순수한 모습이라니 살수록 재밌고 귀여운 구석이 있다.

할아버지를 위해 뾰족이 도울 방법이 없네
아빠를 위해 자식 또한 뾰족이 도울 방법이 없네
구십구 퍼센트 사람은 자기 자신만 알아달라 하네
우리 집 마누라도 역시 그러하네

나에게도 점점 가까이 다가오는 듯하네
희미한 눈, 어두운 귀, 굽어진 목 허리, 임플란트

어찌하랴, 인생만 탓하면 무엇하리
주어진 시간 다시 뛰리라 다짐하네
— 정명훈 글 「그때가 되면」 전문

'아주 오래전 내가 올려다본 그의 어깨는 까마득한 산처럼 높았다' 마치 가수 신해철이 부르던 '아버지와 나'라는 노래 가사와 남편이 쓴 이 시와 오버랩되면서 울컥해 온다. 요즘 들어 자주 세월 무상이니, 늙으면 우리도 다 똑 같다느니 하며, 오래전 어른들이 했던 말을 남편 입을 통해 들으니 짠하기 그지없다. 마누라 따라쟁이 남편이 같이 시를 써주어 큰 위로가 되는 시간이었는데, 시 쓰는 집이라고 문패라도 달아야 하나 잠시 고민 중인데 오늘도 남편은 할머니처럼 쭈그리고 잔다. 가족을 위해서라면 가시만 남길 저 사람. '아가들아, 진짜 아빠한테 잘해드려야 한다. 그래야 아빠 덕분에 잘 놀고 있는 엄마 맘이 좀 위로가 될 것 같구나.'

* 보시 : 자비심으로 남에게 재물이나 불법을 베풂

대세문학, 동인들을 만나다

한참 청춘일 때 토요일 새벽이면 청량리 광장에 하나둘 모여 춘천행 기차를 기다렸다. 잘나가는 친구들은 렌즈가 긴 카메라를 메고, 아는 오빠들은 긴 머리 휘날리며 기타를 메고, 조금 아는 언니들은 도도하게 화구를 메고, 기차 한 칸이 낭만으로 가득했다.

나 어떡해를 센드 페블즈처럼 목청껏 불러도 지나가는 어른들 역시 젊음이 부러운 듯 환하게 용서했던 시절, 그 광경을 그리는 이, 그 광경을 찍는 이, 그 광경을 즐기는 이가 있었다.

삼십 년이 흘러 어찌어찌 시집을 낸다고 동인들을 만나기 10미터 전, 두근두근 심장소리는 커지고 어느새 흘린 실실 웃음은 볼을 뻘갛게 물들였다. 반갑다는 인사에 눈에 띈 동인들의 청바지, 주름만 빼고 청년 시절의 모습으로 모두 같아탔다.

그 순간 춘천행 기차를 기다리던 그때가 떠올랐다. 기타 대신 책을 끼고, 주먹밥 대신 매운탕을 먹고, 사이다 대신 대추차를 마시며, 오래전 들렀을 법한 통나무집 레스토랑에서 해 그림자 방향 따라 네 시간을 죽치고 있었다.

한참 청춘일 때 2층은 탁구장, 3층은 음악다방이 즐비해 있던 종로 시절에도 밤 그림자 방향 따라 네 시간을 죽치고 있었다.

시란 무엇인가라는 평론가 같은 얘기보다 시 쓰기에 공감하고 쓴 시를 공유하며 낭송까지 하다가 한 단어에 꽂혀 눈물 빼고 웃느라 시간 가는 줄 몰랐다.

한바탕 웃고 나니 슬슬 눈치도 보여 헤어질 시간, 우즈베키스탄에서 온 아름다운 알바 여인은 감을 '훔빨다'라는 순수한 우리말에 터진 그 상황을 잘 수습한 모양이다. 아무런 미동도 없이 그윽한 미소로 '안녕카세요'라고 인사를 한다.

글쓰기 시작 참 잘했다, 대세문학* 만들기 참 잘했다.

* 대세문학 : 대전, 세종 몇몇 문인들이 모여 만든 이름. 대세를
  이룬다라는 의미 부여

유머러스한 내공이 만들어내는 일상의 축제

송기한 (대전대 교수)

1. 존재의 이유

박인숙의 『나이, 생각보다 맛있다』는 시인의 첫 시집이다. 하지만 시집의 간행 전후와 더불어 시인의 글쓰기가 시작된 것은 아니다. 시인은 이미 몇 십 년 전 신문 지면을 통해서 문단에 나온 이력이 있기 때문이다. 비교적 긴 공백기를 거쳐서 시인은 다시 문인의 길로 들어섰으니 신인이라고 보기는 어려운 것이 사실이다. 시인의 이런 이력은 작품 속에서도 고스란히 나타나는데, 작품들을 읽어 보면 금방 알 수 있는 것처럼, 여기에는 어떤 미숙함이나 낯설음 등을 찾을 수가 없다. 마치 오랜 세월을 인내해온 자만이 가질 수 있는 여유랄까 넉넉함이 원숙한 포즈를 취한 채 묻어나오는 까닭이다.

서정시는 세계의 내재화라든가 자아와 세계의 거리에서 만들어진다. 이 간극에서 동일성을 찾아가는 것, 그것이 서정시의 존재 이유이다. 그래서 자아와 세계 사이는 좁혀질 듯 하면서도 그것이 쉽게 이루어지지 않는다. 좁힘과 넓힘이라는 길항관계를 끊임없이 하는 이유도 여기에 있다. 물론 이는 지극히 일반론적인 것이어서 여러 다양한 하위 범주들 또한 존재할 것이다. 이런 면이야말로 다양한 상상력을 바탕으로 한 서정시의 한 특성이 아니겠는가.

이런 맥락에서 보면 박인숙의 시들은 서정시가 흔히 내포할 수 있는 범주의 것들에서 어느 정도 벗어나 있는 것처럼 보인다. 무엇보다 시인의 작품들에서는 자아와 대상 사이에 거리랄까 긴장이 느껴지지 않는 까닭이다. 마치 박목월의 「나그네」를 보듯 편안함, 따스함만으로 점철되어 있다. 그렇게 그의 시들은 자아와 대상 사이의 통일이 완벽하게 구현되어 있다. 시인의 이런 넉넉한 포용력이랄까 안온한 상상력이란 대체 어디에서 오는 것일까.

> 언어의 마술로 사람들을 유쾌하게 만드는 이
> 고집을 세우지 않고 바로 인정할 줄 아는 이
> 영혼의 말까지 잘 들어주고 기 살려주는 이
> 계산하지 않고 아낌없이 줄 줄 아는 이
> 따뜻한 세상은 내가 따뜻해지는 거라는 이
> 웃음 코드가 잘 맞는 이

잊을 만 하면 문득 안부를 물어 주는 이
오랜 세월 변함없이 웃으며 지켜봐 주는 이
작은 약속도 소중히 여겨 배려할 줄 아는 이
오랜만에 보아도 어제 만난 것처럼 늘 반가운 이…

내가 지구별 여행을 하는 이유는 이 사람들 때문이다
　　　　　　　　　　　　　　　　—「지구별 여행을 하는 이유」전문

　이 작품에서 보듯 시인이 지금 여기에 사는 이유는 간단
하다. 자신을 둘러싼 사람들이 갖고 있는 따뜻함 때문이다.
가령, 서정적 자아가 사는 곳에는 "언어의 마술로 사람들을
유쾌하게 만드는 이"가 있고, "고집을 세우지 않고 바로 자
기 고집도 인정할 줄 아는 이"도 있다. 뿐만 아니라 "영혼의
말까지 잘 들어주고 기 살려주는 이"가 있는가 하면, "계산
하지 않고 아낌없이 줄 줄 아는 이"도 있다. 이외에도 서로
갈등하거나 모함하는 등 타자의 아픔이나 자신의 아픔을
유발시키는 것들은 이곳에는 전혀 존재하지 않는다. 이런
조화로움, 아름다움이 있기에 시인은 지구별을 좋아하고,
여기에 삶의 애착을 보여주게 된다.
　이런 면들은 물론 시인의 주변을 둘러싸고 있는 긍정적
인 부분들일 것이다. 물론 이를 초월한 부정적인 부분 또한
분명 존재할 터이지만 시인은 이런 것들에 대해서는 애써
회피하거나 초월하고자 한다. 그런데 자신을 에워싼 것들
이 비록 따스하다 하더라도 시인 스스로가 이에 동화할 수

없다면, 이 또한 허무한 일이 될지도 모른다. 그래서 타자의 긍정성이 중요하듯 자아의 그것 역시 중요한 매개로 작용하는 것은 이 때문일 것이다.

학교 화단에 심었던 빨간 칸나
친구랑 꽃잎 떼며 놀던 길가의 코스모스
일찍 철들어 심지 굳은 대문 밖의 국화
해질녘 하품하며 일어나는 담 밑의 달맞이꽃

치마와 입 주변을 붉게 물들인 오디
눈이 쌓인 나뭇가지에 매달린 고염
단지 속에 짚을 깔고 숨겨 놓은 대봉감
라면과 바꿔먹은 뒷마당의 귀한 청포도

고무줄놀이 할 때마다 줄을 끊어대던 창호
책걸상 넘어오지 말라고 줄긋던 원식이
대문 고리에 편지 걸어놓고 줄행랑치던 짱구
여자라고 인정사정 안 봐주던 자치기 대장 영선이

엄마는 싸움질하지 말라며 부지깽이 들고 뛰고
아버지는 들에 나가셨다 개똥참외를 들고 오고
중획생 큰오빠는 공부 끝나고 오면 자전거를 태워주고
작은 오빠는 일하는 아저씨 갖다 드리라고 술심부름 시키면,
빈 주전자만 달랑 들고 걸음걸이 요상하게 돌아오고

그때 그 시절을 돌아보니 나이 참, 맛있게 먹었다

하늘에서 떨어지는 고독은 낙엽이라 했던가
익어가는 감나무는 진리라 했던가
우렁차게 개짓는 소리는 깊은 밤을 알리고
연기 나는 마을은 우리들의 고향이지
따듯한 추억들, 이제야 알 것 같은 세월은 약손
　　　　　　　　　　— 「나이, 생각보다 맛있다」 전문

　자아와 대상과의 완전한 동일성이란 상보적인 것이다. 어느 하나가 완결되지 못하면, 다른 하나가 비록 완결된다 하더라도 동일성이랄까 전일성이 확보되지 않는다. 자아를 둘러싼 환경들이 우호적이고 긍정적이라면, 자아 또한 그러해야 하는 것이다. 자아가 갖추어야할 그러한 덕목을 잘 보여주는 작품이 「나이, 생각보다 맛있다」이다.

　나이란 삶의 기록이면서 경우에 따라서는 자신의 윤리적 수양 정도를 말해주는 지표가 되기도 한다. 「나이, 생각보다 맛있다」는 자기 수양이라는 윤리적 지표가 다른 어느 작품보다도 잘 드러난 경우인데, 우선 작품에 드러난 시인의 현존은 긍정적이고 아름다운 것이다. 물론 시인으로 하여금 이런 경지에까지 이르게 한 것은 따스하고 넉넉한 과거가 있었기에 가능했을 것이다. 서정적 자아는 인생의 한 단계에 이르러서 무심코 아니 경우에 따라서는 의도적으로 지나온 과거에 대해 응시한다. 대부분의 과거들이 그러하듯이 시인의 과거 또한 긍정적인 것이다. 그가 아름답게 추억하는 과거의 목록들은 현재의 서정을 아름답게 꾸며주는 옷과 같은 역할을 한다. 그러한 옷으로 치장된 자아이기에 현재의 어떤 불온성도 자아 속에 구축되어 가는 아름다운 축제를 방해하지는 못한다.

시인의 작품들에서 현재의 불온성이나 존재론적 한계에서 오는 욕망의 과잉들이 제어될 수 있었던 것은 이런 긍정성 때문들이다. 주위 환경도 그러하고 자아 내부의 것들도 그러하다. 모두 동일하게 우호적인 감수성으로 휩싸여 있다. 서로 경쟁하거나 다투지 않는 감수성들, 이런 것들은 쉽게 동화될 뿐 일탈을 결코 허용하지 않는다. 따스한 것들이 그의 서정 속에 모여 축제의 장을 아름답게 만들어낼 수 있었기 때문이다. 이것이 그의 시에서 드러나는 동일성, 곧 아름다운 조화일 것이다.

2. 내성 혹은 내공의 깊이

박인숙 시인의 시세계는 긍정의 시학에 있다. 시인은 대상을 응시하되 들쭉뛴 면보다는 둥근 면에 주목한다. 다른 사람의 약점이나 허물을 캐어내고 거기에 자신의 감정을 이입시키지 않는다. 그것이 대상을 바라보는 시인의 응시 방법이다. 이런 사유가 있기에 그의 시들은 언제나 밝고 유쾌하다.

하지만 이런 감각이란 생리적인 것에서 오는 것일 수도, 자기 수양에서 오는 것일 수도 있다. 생리적인 것이 일종의 체질과 관계하고 있어서 경우에 따라서는 선험적인 어떤 것을 쉽게 초월할 수 있는 위험성이 있는 반면, 후자의 경우에서는 그런 한계랄까 위험성이 비교적 낮은 경우이다. 그것은 어느 정도 계량될 수 있는 것이어서 인과론에 가까운 것인지도 모르겠다. 어떻든 이 감각은 스스로의 실천과 결단에 의해서 얼마든지 가능한 것이기에 동일성을 향해 나아가는 서정시와 밀접한 관계가 있을 것이고 또한 인간의 삶과도 분리될 수 없는 것이라 할 수 있다.

> 내공이 있으면 유머가 있고
> 유머가 있으면 각박하지 않아
> 그 사람 저급하게 나오면
> 이 사람 품격있게 가면 돼
>
> 상종 말라는 건 옛말
> 상종하면서 그냥 웃어줘
>
> 내공이 깊으면 유머로 안을 수 있어
>
> —「내공」 전문

'내공'이란 인내에 의해 형성된 사람의 품격이다. 인내가 길어지고, 그리하여 그것이 하나의 실천으로 굳어지게 되면, 대상과의 불화는 현저하게 줄어들게 된다. 지금 서정적 자아가 이 작품에서 말하고자 하는 것도 이와 밀접한 관련이 있다. 서정적 자아는 여기서 "내공이 있으며 유머가 있고/ 유머가 있으면 각박하지 않"다고 했다. 내공은 곧 유머라는 것인데, 이런 감각이 내재된 사람에게 상대방과의 갈등이나 불화가 생기는 것은 불가능하다.

반면, 내공이 없는 자아란 유머가 없고, 그것의 부재는 곧 불화의 씨앗이 된다. 거기에 따스함이나 아름다운 조화가 형성되는 것은 불가능하다. 그런데 시인의 작품 세계에서 이런 정서들은 거의 드러나지 않는다. 이번 시집은 서정시 일반에서 흔히 이해될 수 있는 부분들을 뛰어넘고 있는데, 이런 면들은 모두 이런 내공 때문이라 할 수 있다.

하지만 내공이란 어느 한순간의 자의식적 결단에 의해 이루어지는 것이 아닐뿐더러 경우에 따라서는 직접적인 교육이나 훈육에 의해 갑자기 형성되는 것도 아니다. 그것은 어디까지나 경험에서 만들어지는 것인데, 이것이 곧 내성 혹은 자기 수양의 과정을 거쳐야 할 것이다. 시인은 이미 세상을 긍정적 시선으로 바라보고자 치열한 모색을 시도해 온 터이다. 불화보다는 통합에, 갈등보다는 조화에, 경쟁보다는 양보에 우선순위를 두면서 말이다.

술꾼 김 부장을 뿌리치지 못한 날엔

새벽 신문처럼 미끄러지듯 귀가한다

현관문 번호 키 소린 눈치 없이 크고
덜컥거리는 소리에 아내는 잠이 깼다
잔뜩 긴장한 오줌보는 터질 듯 **빵빵**해지고
남은 새벽 몇 번이고 죽었다 할 참인데
하품 물며 자다 깬 아내의 한마디는 구 · 세 · 주

아~~함, 어디를 이렇게 일찍 나간대유

꼭두새벽
가정의 평화는 지켜야 한다는 일념으로
들어가려다가 그대로 돌아서 현관문을 열고 나왔다
아니, 아내가 나보다 더 취한 날도 있다니
아싸, 오늘은 내가 이겼다

—「도로 남」전문

이 작품은 일상에서 흔히 있을 수 있는 일을 재미난 상상력으로 풀어낸 시이다. 술을 마시고 늦게 하는 귀가, 아니 새벽에 이루어지는 귀가가 그러하고, 또 이런 과정 속에서 일어날 수 있는 일들이 작은 서사적 흐름 속에 아름답게 펼쳐지고 있다. 그런데 여기서 가장 중요한 것은 상황적 반전이 만들어내는 의미의 영역일 것이다. 흔히 갈등의 한 요인이 될 법한 장면을 전혀 다른 상황, 곧 반전을 만들어냄으로써 새로운 상황으로 나아가는 것, 그것이 이 작품이 갖고 있는 의의라 할 수 있다.

「내공」과 마찬가지로 인용시를 이끌어가는 주요 매개는 유머이다. 서정적 자아가 취한 오류에서 온 것임에도 불구하고 이를 아내의 영역으로 돌리는 것, 그리하여 "오늘은 내가 이겼다"라고 선언하는 것이 바로 그러하다. 물론 여기서의 승리는 경쟁에서가 아니라 사소한 일상의 반전에 의한 유머가 만들어낸 것이다.

시인은 일상 속에 일어나는 여러 상황들에 대해 넉넉함의 시선으로 바라본다. 갈등이 각박함이나 초조함의 정서와 불가분의 관계에 놓여 있는 것이라면, 시인에게는 애초부터 이런 상황이 만들어질 여백이란 존재하지 않는다. 이를 가능케 했던 것이 내공의 깊이이거니와 그의 이런 감각은 이렇듯 일상을 긍정적인 시선으로 바라보고자 한 시도에서 만들어진다.

시인에게 고통이나 아픔은 존재하지 않는다. 실제로 그러한 것이 있다고 하더라도 그것은 이미 그의 현존을 벗어나 있다. 그러한 상상력을 보여주는 또하나의 사례가 바로 '별'이다. '별'이란 승화의 가상 높은 영역에 존재하는 것이거니와 그것은 이미 꿈 혹은 유토피아와 같은 것이다. 시인이 "누구의 번뇌에서 녹아 별이 되었을까" 혹은 "누구의 가슴에서 살아 반짝이는 것일까"(「하늘 연 家 2」)라고 사유하는 것은 더 이상 그의 사유에 번뇌라든가 갈등과 같은 부정적인 요인들이 존재하지 않음을 단적으로 말해주는 것이라 할 수 있다. 이미 저 멀리 승화되어 아름답게 빛나고 있는 까닭이다.

3. 조화로운 삶, 축제의 절정

『나이, 생각보다 맛있다』는 아름다운 조화, 삶의 긍정성이 어떤 모습에서 오는 것인가하는 것을 극명하게 보여준 시집이다. 그것은 자아의 따스함, 긍정적 시선, 조화로운 관계 등등의 정서에서 오는 것이었다. 실제로 그의 시집을 꼼꼼하게 읽어 보면, 이런 감각은 동일성을 향한 자아의 가열찬 열정과 유토피아로 향하고자 하는 욕망에서 오는 것임을 알 수가 있다. 시인은 자아 외부에 존재하는 모든 대상들이 소위 조화의 정서와 무관하지 않은 것임을 말하고 있다. 가령, 「비雨」의 경우가 그러하다.

> 호랑각시비는
> 수줍은 호랑이가
> 햇빛 좋은 날에 시집을 가는 날
> 부끄러워 소낙비로 가리는 날
> 햇빛과 동업하는 소낙비 마음
>
> 단비는
> 애타는 농부들이
> 가뭄이 심한 날에 정성을 다한 날

달달하게 땅속마다 적시는 날
하늘과 동업하는 농부의 마음

사랑비는
가탑리 순수청년이
마정리 문학소녀를 만나 살아가는 날
알고도 모른 척 속아 넘어가 줄 때 내리는 비
평생 동업해야 하는 부부의 마음

—「비雨」 전문

　이 작품을 이끌어가는 가는 동인은 우선 동화적 상상력
에서 찾을 수 있다. '호랑각시비'란 "수줍은 호랑이가/ 햇빛
좋은 날에 시집을 가는 날"이라는 사유가 그러하다. 하지만
이 작품의 의미는 이런 동심적 순수성에 그치는 것이 아니
라 거기에 조화라는 감각의 형이상학적 의미가 덧씌워져
있는 경우에서 찾을 수 있다. 물론 시인의 의도하고자 했던
것은 후자의 음역, 곧 조화의 감각일 것이다. 그런데 이런
음역이 동화적 상상력과 결부되어서 더욱 극대화되는 효과
를 가져오게 되는 것이 이 작품의 특색이다.
　'비'는 인신의 영역을 초월하는 지대에 있는 것이지만, 경
우에 따라 그것은 인간의 영역 속에 편입해 들어오기도 한
다. 이를 가능케 하는 것이 '애타는 농부의 마음'이고, '정성
을 다하는 농부의 마음'일 것이다. 이런 기도와 만나는 자
리에서 비는 형성되고, 그것은 지상적인 것들과 천상적인

것들의 아름다운 조화로 그 절정에 이르게 된다.

　이번 시집에서 시인이 끊임없이 탐색한 것은 조화의 감각이었다. 그는 이런 감각을 인간적인 것에서 찾기도 하고 하늘과 땅과 같은 자연의 영역에서 구하기도 했다. 「도로남」 계열의 작품이 전자의 경우라면, 「비雨」 계열의 작품은 후자의 경우이다. 시인은 이를 통해서 자신이 꿈꾸어온 세상, 혹은 현재 실현되고 있는 세상에 대한 아름다운 찬사를 보내게 된다.

　　이름 먼저 지었지

　　뒷산에 꾀꼬리는 가정 음악실이 되고
　　눈앞에 흐르는 개울가에 버들가지 춤추고
　　뒤꼍에는 대나무 소리로 담장을 만들고
　　다랭이 논 옆으로 손길 닿을 만큼의 텃밭이 있는 남향집

　　일층에는 소박한 파티 룸이 있는 주방 공간
　　낭만 가객 입장 시에는 각자 먹을거리 챙겨 오게 하고
　　이층에는 하얀 린넨으로 깔아 둔 침실 전용 공간
　　마음속에 저장해둔 결 맞는 사람들 편히 잠들게 하고
　　삼층에는 가족들만의 온전한 힐링 공간
　　언제라도 따로 또 같이 푸르른 쉼 해야지

　　마당엔 곰살맞은 복실이와 우주 함께 살고
　　뒷마당엔 키 작은 청계 닭을 키워 알을 꺼내오고
　　작은 텃밭에 고추랑 오이랑 가지랑 심어 나눠 먹고

둘레 길엔 보라색 맥문동과 도라지만 심어야지

하늘이 보이는 유리 지붕으로 돔을 만들어
별 달 구름 비 친구들과 밤낮으로 수다 떨고
햇살이 내려앉은 테라스의 작은 풀장에 몸을 담그다가
다락방에 만든 도서관에서 책 보면서 졸아야지
세월이 흐르든지 말든지 살아가야지

들꽃 한 다발 꺾어 자전거 바구니에 담고 노니는 곳
하 · 늘 · 연 · 家
이름 먼저 지어두었지

—「하늘 연家 1」 전문

이 작품은 시인이 이번 시집에서 이야기하고자 했던 바가 무엇인가를 잘 말해주는 시라고 할 수 있다. 이를 한마디로 규정한다면, 인생의 축제, 혹은 삶의 축제라고 할 수 있을 것이다. 어쩌면 시인은 지금껏 이런 모습을 상상 속에서, 혹은 이상 속에서 꿈꾸어 왔는지도 모른다. 일찍이 서정주는 「상리과원」에서 전후적 질서와 혼란을, 자연의 아름다운 질서가 펼쳐지는 '상리과원'의 모습으로 초월하고자 한바 있다. 이런 초월의 정서는 박인숙 시인에게도 마찬가지일 터인데, 시인은 자신이 거주하는 모든 공간들을 따듯함과 안온함, 조화, 초월과 같은 아름다운 감각들로 채워나가고 있기 때문이다. 이 감각을 하나로 모두 모아서 명칭화했는데, 그것이 '하·늘·연·가'이다. 그러니까 이곳은 서정주의

'상리과원'과 동일한 의미를 지니는 것이라 할 수 있다.

물론 이 아름다운 조화의 공간이 가능했던 것은 지금껏 시인이 시도했던 긍정의 시선 때문이다. 뿐만 아니라 그러한 시선들이 사회의 아름다운 곳과 마주하면서 만들어낸 실천의 공간이기도 한다. 그러니까 그것은 시인의 내적 실천과 그것이 만들어낸 외적 환경이 교묘히 어울리면서 만들어낸 형이상학적인 공간이 되는 셈이다.

늦은 밤 공원에서 안개꽃 잔치 열렸네
소나무와 적 단풍은 안전지킴이로 서 있고
줄 맞춰 서 있던 가로등은 손님들 길 안내하네
도랑 길에 나뒹굴던 낙엽들도 웃을 준비를 하네

늦은 밤 공원에서 안개꽃 잔치 열렸네
주인과 다니던 강아지는 엉겁결에 초대를 받았고
쫓기듯 다니던 고양이도 당당하게 초대를 받았네
저녁 먹고 나온 가족들도 즐길 준비를 하고 있네

늦은 밤 공원에서 안개 꽃 잔치 열렸네
서있는 자리가 무대인 그곳에서
야옹이는 늦은 세수를 하며 노래 부르고
멍멍이는 꼬리를 쫓으며 빙빙 춤을 추네
발걸음은 음악에 맞춘 듯 경쾌하기 그지없고
안개에 숨은 달빛과 가로등은 우아하게 반짝거리네

늦은 밤 공원에서 안개 꽃 잔치 제대로 열렸네
　　　　　　　　　　　　　　 ―「안개꽃 잔치」 전문

　「하늘연가」의 연장선에 놓여 있는 작품이 「안개꽃 잔치」일 것이다. 이 작품을 이끌어가는 특징적인 이미지는 '안개'이다. 안개는 보일 듯 말 듯하면서 이를 응시하는 자아로 하여금 신비의 정서를 불러일으키는 은유이다. 그런데 이런 감각은 이 작품에서도 그대로 유지된다. 일상의 현실들이 안개라는 신비의 공간 속에 펼쳐짐으로써 더욱 아름답게 구현되기 때문이다.

　시인이 꿈꾸는 세계는 물론 시인 혼자만의 것이 아닐 것이다. 그것은 지상에 존재하는 인간이라면 모두가 가질 수 있는 유토피아이기 때문이다. 유토피아란 가능하면서도 또 결코 가능할 거 같지 않은 이중성을 갖고 있다. 그래서 그 모호한 경계를 '안개'로 처리한 것인지도 모르겠다. 하지만 중요한 것은 이룰 수 없는 꿈에 있는 것이 아니고, 그 결과 일어날 수 있는 좌절의 정서가 아닐 것이다. 그것은 시적 자아가 도달해야 하는, 인류라면 모두가 목표로 하는 꿈이기 때문이다. 그 아름다움이 곧 안개와 같은 신비의 차원의 것이 아닐까.

　어떻든 시인은 그러한 세계가 도래할 것이라 믿고 자신의 열정을 가열차게 보여주었다. 그 한 끝자락에 놓여 있는 것이 「하늘연가」이고 「안개꽃 잔치」이다. 시인은 이 축제의 장에 자신을, 그리고 우리들을 기꺼이 초대하고자 한다. 그러한 초대에 응하면서 함께 그것을 발전시켜나가는 것, 그것이 시인의 임무이자 우리의 임무가 아닐까 한다.

이든기획시선 013

나이, 생각보다 맛있다

ⓒ 박인숙, 2023

발행일	2023년 3월 3일
지은이	박인숙
발행인	이영옥

펴낸곳	이든북
신고번호	제2001-000003호
주소	34625 대전광역시 동구 중앙로 193번길 73
전화	(042)222-2536 │ 팩스(042)222-2530
전자우편	eden-book@daum.net
공급처	한국출판협동조합
	전화 (02)716-5616 (031)944-8234~6

ISBN 979-11-6701-231-9 (03810)
값 12,000원